U0587597

李元胜

诗集

不确定的我

fluid
self

李元胜 著

重庆大学出版社

目 录

车　站

轰隆隆的告别
从中间划开了大地的寂静

火车开远了，沿着我目送的方向
远方就像是一条裂缝
由铁轨延伸而成

几年后，我来到同一个车站
很多东西仍旧绝望地分成两半

没有合拢的，还有夜空
还有遥远的大海下面
那深深的海沟

2018年1月20日

想起洛杉矶的一个傍晚

即使日落大道

也不拥有所有人的日落

比如我的，夕阳

只不过给手中的咖啡

盘旋在心里的

和世界之间的隔离感

耐心地勾上金边

比如，西木区的一位女作家

只有公寓楼的居室

为她灯火通明地安静了三天

窗外，几只鸟低声聊天

其中一只沉默的名叫张爱玲

其他鸟不知道

它自己也不知道

2018年1月20日

不确定的我

清　明

每一个失去亲人的孩子
天空上，都会多出一片星辰
把他照料

但是这还不够
今天，我要邀请仍然孤独的孩子
住到我的眼睛里来

看看晴空下的蓝色星球
你们的孤独，构成了它的阴影
构成了大海无言的苦涩

看看你的书桌、文具盒
你已经很少去的后院
你喜欢藏身的楼梯角落
星光给它们勾上了漂亮的银边

我要和你们共同哭一场

哪一颗星星在颤抖

它就是你的

今天，如果你读到这首诗

如果你正好抬起了头

是的，你就收到了邀请

2018年3月11日

不确定的我

台阶散发出的光

我摸到

一片树叶里的台阶

一朵花里的台阶

一粒果实里

还蜷缩着的漫长台阶

一个白衣人

一个黑衣人

一前一后

沿着台阶走着

仿佛台阶散发出的光

我仅仅活在

他们之间的短暂距离里

仅仅活在

他们之间的彼此漠视中

2018年3月12日

不确定的我

我们曾坐在屋顶上

我们曾坐在屋顶上
遥望远处，河流带着反光奔跑

那些年轻的甜美身体
步履匆匆，想要穿过拥挤的人群

它们想在另一个大陆上岸
然后在某个屋顶坐下，像我们一样

但是谁能穿过苦涩的大海呢
大海吸纳了它们，包括它们携带的道路

它们最终加入了这无边苦涩
成为茫茫障碍的一部分

所以，并没有别的大陆，也没有屋顶
我们也并没有并排坐着

谁能穿过苦涩的爱呢，我们只是加入
作为障碍互相依托，忘记了曾经拥有的道路

2018年3月14日

春　酿

集中起来

所有从春天开始的波浪，那些悬崖和深谷

所有燃烧过的，在燃烧中放弃了肉体的……

我忽略过的一切，都像这万顷原野

铺展在我的舌尖上

缓慢地燃烧一次，像猛烈的回忆

没有好的坏的，只是酿造，每一天只是酿造

大地时刻在借助高粱籽的蹦跳

挣脱，从各种困住它的壳里

春水不会无缘无故流过我和你之间

人们更不会无缘无故凋谢

存在过的

都已镌刻在无边的酿造中

我仰着头，让天空倾斜着穿过口腔

它要在那里和大地会合，那里——

有我身体里沉没千年的所有落日

2018年3月22日

陈子昂读书台

我们写作的时候
是什么，在经过我们？

我们活着的时候
是什么，在经过我们？

一个时代枯萎了，或许
不是枯萎，只是经过了我们

宇宙中那永恒的电流
有时以屈原之名，有时以李白之名

这个被选中的下午，这些
被电流选中的书写之手

沿着台阶徐徐而上

他们都是他没见到的来者

2018年3月24日

不确定的我

有　时

我熟悉的小路，都变得越来越陌生
我们都不断分岔，还不在自己掌握之中

但有一条，我慢慢听懂了它的低语
借助风和树叶——那细微的窸窣声

我停下，它会代替我继续摸索前行
拐弯的地方它会犹豫一下，然后回头找我

只有小醉时，只有东倒西歪行走，我才能牵到小路
而它可以随时牵着我，用突然斜伸过来的树枝

有时，小路在青苔里沉睡
我轻手轻脚走过，在它额头上留下一串脚印

不确定的我

有时，它也出现在我的梦境，留下一些蜿蜒起伏

仿佛在一本书里留下批注

我突然醒来，感觉到一种轻微的挣扎

有一根银质的链条，意外地卡在了我的身体里

2018年3月25日

山　谷

犁头草紫色的头颅倔强地扭向另一边
婆婆纳没心没肺，笑得一派天真
木姜子开得像黄色的星星
飞燕草的花，其实是一群刚停稳的蝴蝶……

整个山谷，所有的花
勉强能够供养悬崖上的几十个蜂桶
养蜂人一瘸一拐地走着
天空上的云团聚散，他脸上时阴时晴

从春天，到秋天
成千上万的花粉像看不见的溪流
穿过树林，最后汇聚在蜂桶中
成千上万的工匠，用它们的酿造
通过养蜂人，供养着他读书的儿子

就是那个有点羞涩的少年

刚在教室里坐下，整个山谷供养着他

他正略有不安地掏出作业本

并不知道自己如此重要

2018年3月27日

悬崖上的黄杜鹃

它选择悬崖，选择
贫瘠的岩石间，而不是山下的沃土

像一个人，突然起身
离开喧闹的餐桌
不是攀登，而是从市声中撤退

一切不妥协者
最终，都发现自己身处绝境
身处风暴的前沿

又怎么样呢？
它宁愿顺从自己陡峭的内心
不过就是，把生活
过成风暴的一部分

"并非不爱舒适的生活
但对我而言，放弃自我更像是深渊"
"看清世道是危险的
但我还得选择睁开双眼"

众生茫茫，总有不妥协者
替我们登上万山之巅

在我读过的书中，一次又一次
在那些时代的悬崖上
总能看到，它们的身影

2018年3月28日

注：树枫杜鹃，花黄色，生长在金佛山高海拔悬崖上。发现者是植物学家张树枫，后因采摘标本时发生意外，不幸遇难。

不确定的我

蓑衣岭

暮春，登蓑衣岭

七十多年前的浓雾还在徘徊

国家命悬一线，望眼欲穿的乐西公路

正从图纸上挣扎着下来

同样挣扎着的，还有几十万民工

石碾艰难滚动，像沉重的时代

碾过碎石，碎石般的人们……

草木皆披蓑衣

草木皆抱白骨

不只是鞋底、衣服

人间在这里已被磨穿

一位大难不死的，成了僧人

他抱着的石碾终生不能放下

只需一缕雨雾，只需一件蓑衣

他就会瞬间回到这里

献花之后，车载着我们离开

车轮惊醒这条简陋的公路

凸凹不平的声带上，几十万死士低啸不已

2018年3月30日

访大瓦山不遇

无路可攀的万山之巅
放置一张巨大桌子
能在那儿坐下的人
必定经历漫长的草木生涯

他年年落叶，岁岁开花
迷惑于往来循环的四季
百年前，亨利·威尔逊骑马经过
猛然看到一座花园，孤悬人间之上

而他陷于虚空之忧
勘破一层，灯台报春就新开一轮
春风里，它们仿佛万千转经筒
依循他的思索迂回转动

我们在山脚绕行，不见隐身的他

朝生暮死的蜉蝣，千年长青的松柏

各怀自己的万古愁

连咫尺间的寂静，也不足以向他人分享

2018年3月31日

不确定的我

胭脂岭，和张新泉先生一起遇蛇

从草丛里探出头来

像一首充满杀机的诗，这是它的时候

锋利的词已在身体里全部醒来

迂回行进，用一连串的错误

创造惊悚的曲线之美

永远不正确，正是它的天赋

我们与造物之间的紧张

创造了自由、黑暗的它？

或者，物种必定自带神秘的道路？

它移动，像是在复印自己

从一个环节中拉出无限的环节

啊，那每节的停顿，那每节之间的深渊

春色在这座山上已经过度

春色在移动的小火车上已经过度

而我们，并不是它挑中的乘客

所以，草丛中必定有我们忽略的铁轨

书架上必定有我们忽略的草丛

年龄中必定有我们忽略的车站

枝条的弧线，河流的缓缓转弯

宿命用自己的语法和写作技巧

不断创造我们一生中的倾斜

在众多的朗诵中，只有极少数

有着那威胁性的嘶嘶声、后退的山坡

草丛中突然的移动

2018年4月4日

禅房习字图

毫无准备的，整个尘世
突然悬挂在他手腕上
禅房微微颤动了一下

那些从墨，从漆黑的空虚中
提起来的笔画
那些不甘心的骨头
终究要被重新按回纸上

爱过它们的人
早已渡过了银河
而我们仍旧滞留此间

他写啊写啊，走失百年的羊
一只又一只
跌跌撞撞地回来

一刀宣纸

可作汉字隔世的羊圈？

同样在滞留中

墨的孤独

拥抱着纸的孤独

而我们的孤独各自不同

他放下笔

低下来的天空触及远山

此刻之外，人间恍若茫茫留白

2018年6月2日

塘河遇雨

我们站在水边

假装等一艘船

其实，我们在等谢公侧身

要从他的左边

才能进入真正的塘河

众人俯身

一河好水在等着上岸

握笔的手在等着

与持剑的手交换江山

水里的鱼

成天被敲个不停的木鱼

都在等

谢公啊，再不侧身

它们眼看就要错过轮回

塘河倾斜，雨来了

我们的山水倾斜而出

倒向谢公的山水

唉乃声中，一艘船接走了我们

它非常平静

假装一切都还没有发生

2018年6月2日，温州瓯海

绝境：重读九寨沟

天空一跃而下，群山失去指针……
像我们突然的慌乱

溪流站起，像玻璃之树身披朝霞
而倒下的树，还在不甘心地
死死揪住记忆

那些经历漫长跋涉的水
像我们一样犹豫了，差一点
就交出了毕生收集的蓝色

绝境啊绝境，无路可去的山水
裸露出大地之轴

时间起落，时如大浪
在我们的心里缓缓淘沙

时如山河倾覆

万物不存

绝境啊绝境，煎熬中的人

在此刻推倒了心中的熔炉

那汹涌而出的

是他曾苦苦守护的

这是上苍的慈悲

选中他承受生死交替

也选中他看一回绝世之美

2018年6月7日

树正寨歌谣

那长在大树上的蕨类啊

再年轻，也是我们苍老的长辈

我的手指紧紧握着它们

我们仍然是分开的

那栅栏上悬挂的绳子啊

已经失去了牵着的牛

我们也不再反顾身后的小路

但也关心究竟从何处出发

那牧羊的少年啊，为羊群打开圈门

经历人生的第一次审判

雪白的他来到了阳光下

漆黑的他也来到了阳光下

那低头行走的中年人啊

是否忘记了头顶的雪山和星空

你的行程已经走过一半

这人间，是否你也读懂了一半

那沉默不语的老人啊

仿佛夕阳中的古刹

他的庭院，仍然走动着故人

他的黄昏，才是他们最后的黄昏

那塔前的诵经人啊

放不下他放牧过的羊

也放不了他爱过的雪山和故人

都午夜了，他还灯火通明地坐着

2018年6月18日

不确定的我

灵空山

从太原一路向南，祁县没停
平遥也没停。我们没有为之停留的
都是多余
万物后退的同时，山西
为我空出了一座山

早晨，山路的起点
我也空出了自己，不再是图书馆
也不再是寺院，没有通往阁楼的楼梯
没有木鱼，也没有等待敲响的钟
我连真理都没有带

一个空着的我，一个空着的山

不确定的我

通过山路互相辗转

由于同样的空，我们互相填充着

我看到桥，就获得了对岸

水潭看到我，它就起身

从我的位置打量自己

禅院门口，我尝试进去又出来

进去时我形成一座庭院

出来时我分散成小路和野花

我进出得太多，小路涌进庭院

每朵野花都挂起一口铜钟

但是，不曾重叠的部分

像两团无法散去的漆黑

游客渐多时，山开始后退

我也是

我们分别退到

自己的某个角落，从我身上

撕下了庭院、小路和无边野花

我们重新成为

彼此不可阅读的天书

2018年7月21日深夜

油松的旅行

出发的前夜，我舍不得合上
一本画册，它翻开着
像栅栏被意外打开，从宾馆的台灯下
那些油松开始了狂奔

这繁星下的一夜啊
沁水两岸，全是疾行的巨人
我们到达前，它们终于回到
灵空山的悬崖之上
满头大汗，浑身枝条空空

多么熟悉的旅行，无数次
从那些翻开的诗集中

不确定的我

我低着头出来，从乌鲁木齐

从哈尔滨，由北向南，昼夜不停

就是这样的过程中

我丢失了自己的松果

2018年7月22日

不确定的我

群峰之上

获得一座山的方式有两种：
在它空出来的地方喝茶
或者徒步登高，和它一起盘旋而上

两种方式，得到的山并不相同
造成的后果也大相径庭
想到这里，一切已经来不及
无意间我已在群峰之上

透过云团的缝隙
我们繁忙的日常，在山脚围绕
像迷雾重重，又像万丈深渊

2018年7月22日

河 床

什么时候开始，我们已不再奔跑

也不像一场暴雨，可以毫无顾忌地落下

这废墟般的时光啊，废墟般的身体

世间的尚存之物，必定携带双重镌刻

镌刻着诀别，也镌刻着初生的欣喜

我们可以退场，但洪流不能，这万物的汹涌啊

像沉默的河床，像不断失去肉身

失去鳞片和游动的鱼，我们的坚持

就像一副寒光闪闪的鱼骨

拒绝遗忘，甚至拒绝愈合

只有这连绵不绝的创口

才能把一条春水领回大地

2018年9月15日，湖南涟源湄江国家地质公园

不确定的我

观音岩

夕阳下，树林如暮归的鸟群
终于可以稍作歇息
溪水绕着我们而行，忽左忽右
那么温存，像是上苍的歉意——
一切如此美好，你们却不可久留

我也忽左忽右，左边的糯米条
右边的悬钩子
吸引着我，让我避开了庙宇
不如就这样吧——
马兰开得散淡，蝶翅合上残窗
这些能让光线弯曲的事物
带着些许更真实的慈祥

2018年9月16日，湖南涟源

不确定的我

远　方

从那封没有写完的信，突然中断的电话
从我们告别的站台
有一场雪已经悄悄动身
有多少雪，在代替那些懊恼的人
从一个城市，前往另一个城市
代替他们越过漫长的铁轨
越过很多年

多好的雪啊，像挥霍，也像忘却
透明的鹿群经过夜空
它们的访问没有结局，也无人知晓
曾经努力飞行过的我们
曾经一起挑剔又接纳的事物
闪闪烁烁，茫茫无边

永远不会到达

永远不能云淡风轻

越来越遥远的是，我还在那年

你已经在这年

我们已经止步，爱还在飞行

就像这场雪，还在一封旧信中

在某个褪色的黄昏下着

它们仍在奔赴，满怀希望

永远不会在途中融化

永远不会蘸满尘世的悲欢

2018年10月19日

不确定的我

南山之忆

那些和我在樱花树下对饮
在山水湖边散步，在苏联大使馆旁激烈争辩的
都成了云上之人
我这么执着于内容的人
如今，只记起了当时的微凉和落花

我独自重走那条山路
一直小心走在小路的边缘
似乎总要留些空，给同行之人
这一路的落叶和旧友啊

似乎仍有夺路而过的雨
似乎仍有飞上衣袖的蜻蜓
似乎人生之书，在此山中
还可以一再重写

不确定的我

我们的存活里包含了如此多的天气
如此多的故人和无尽旷野
黄昏时，我们和众多山峰一起坐下

下面是长江，滚滚而过
像滚滚而过的时代，总之有用：
清澈时我们用它明目
浑浊时我们用它洗脚

2018年10月23日

玉苍山之南看明月升

海上之月是银质的
它复杂的镂空，人间不可见

以巨大的力量
吸着转向它的大海
让它起伏、翻滚
仿佛一场永难平静的巨梦

最终，大海不得不
交出所有闪闪发亮的东西
任它们漂浮在水面上

多少年了，命中之月啊
它复杂的镂空，吸引着我们

像大海一样难以平静

我们奔走、挣扎

抗拒着，又热切地期盼着

不知什么时候

才会交出终身隐藏的银器

2018年10月29日

速写：重庆大众书局

一首诗，不管它怎么转弯

转弯多么突然，它只是

一段通往虚空的楼梯

那里有一个阁楼

有真实的楼板，真实的栏杆

真实的倚栏而望的你

却不在所有建筑里

它展开的茶席，不在昨天

也不在今天，甚至不在你们的时光里

一部小说，不管它多么缓慢

多么爱停顿，它只是

一部向下再向下的电梯

经过了蓝天，经过喧闹集市

一直向下，坚定无比

它知道大楼、伟人

都有漆黑的地下室

甚至，比地下室更幽暗

所以，角落里阅读的情侣

也在交错而过，一位在阁楼恋爱

一位在地下深处逃亡

这里充满了道路，可以

去别的悲剧里掂量这一场爱情

去别的时代衡量这一生

下午的光线，穿过弹子石老街

斜斜地照着他们波澜壮阔的旅行

2018年10月30日

海上日落

宇宙中这辆孤独的马车

再次来到这个时刻，告别的时刻

被它镀亮的大地和海洋

心有不甘的我们

都将留在巨大的阴影里

我们燃烧的部分

我们的发芽、生长和开花

我们的奔跑、欢笑

都来自它

我们的哭泣、黑暗

来自于转过身来的自己

不是，我们不是反光

而是它通红的碎片

历经千万年的冷却和锤炼

仍然不知

燃烧的意义，发芽的意义

哭泣的意义

2018年10月31日

不确定的我

玉苍山

对另一座山的回忆
能让眼前的山变得模糊
半山以下弥漫着雾气
而我参与了这场制造

玉苍山毫不介意
它低调地后退了半步
隐身于暮色之中
露台上，我远远望着它
犹如看到镜中的自己

有衰草在头顶晃动
有落叶无可收拾

我们丧失已久的力量

还不知道何时能重新拥有

像它一样，在古老的天空下困惑着

却永远不肯妥协

仿佛怀抱乱石多年

在彻底想清楚之前

一再拒绝把它们放下

2018年11月1日

实验室的下午茶

如何把半座图书馆放进一个人的右脑

如何把一艘潜水艇放进一个胶囊

这个坐在实验室里的人，茫茫宇宙里的微粒

他的每次思考，都动用了万千齿轮、无边闪电

把一个汉字拆开，会露出楚辞、宋词和前朝的碎片

而且，它永远也装不回去了

每一次思考，都有些事物变成了铁锈

每一次回忆，都重写了历史

如何穿过一个人的幽深车间

如何穿过一个人的万顷波涛

人啊人，生命犹如这个星球的最后天书
而构成他的一切，都在生锈，都在重写

如何打开那些门，如何修好传送带
太难了，像把一部科幻电影放进身体

它们开始工作了，在你的城市
它们打开探照灯，在你迷雾重重的水域

没有任何航行，能如此重要，像判决
没有任何航行，能如此重要，像拯救

在航行中，我们屏住了呼吸，仿佛快到数学的尽头
物质的尽头，仿佛，前面悬挂着上帝隐藏的闹钟

2018年11月27日，金山科技集团

报国寺

时光之磨碾碎了一切
在这里，连岩石也一触即碎
最后的一点柔软啊
仿佛千百年来的人心

无穷多碎片飘浮着
有时，在黑暗的淤泥下聚集
像一团藏好的光
忽然长出了肉身和七窍

时近隆冬，大地早已交出一切
一年的麦芒、疼痛、蜻蜓的翅膀……
无边的金属粉末
须在更高的天空互相指认

有时，它们在一部经书里

一行又一行地徘徊

如同我们在巷子深处独步

越走越远

有时，服从新的召唤

重新奔赴一世悲欢

有时，是昌臻法师起身

脱下人间沉重的衣裳

三两孩童，跑出一片枯荷

曾经被我们呼唤过的

一次次碾碎之后

在田畴间神奇地恢复如初

2018年12月24日

兰州，又见黄河

在玛曲分手
我悠悠东去，黄河急急向西
分开得越久，我的荒凉就越明显

想起在迭部见到的一位老人
他推开院门，低头良久
他试图扶起翻倒在地的椅子

我们做的所有事情都像是在哭泣……
在玛曲走得急急的
在彩陶上走得缓缓的黄河啊

我们重逢在兰州
已是三年之后

整整三年，一圈又一圈

黄河不过是在一棵百合里盘旋

足够了，时间足够了

它向西再向东的绕行之苦

它困在一个物种里的

走投无路的甜

在彩陶上生锈

在百合里转圈的黄河啊

那一层又一层黄土

终于穿上身了

你不是白塔山

就是皋兰山

足够了，我们的开花够了

哭泣也够了

不如让水车去继续

周而复始

替我们打永远打不完的水

又把一生又一生倾倒而出

2019年1月8日

过三沙北礁

飞机在减速，我看见翡翠的岛
看见了它的半透明
我看见了颜色很深的海水

我想起
依赖了几十年的墨水
在我们的飞行中，早已不知所踪

那颜色很深的，带着我们思想纹路
以及
下面的珊瑚礁和海沟

在深夜敲打着键盘的我
只不过是一个丢失了大海的人

不确定的我

一场大梦仍旧囚禁于
我们遗忘的墨水瓶中

我不过是一点点
它溢出的部分

2019年1月13日，永兴岛

赵述岛的采螺人

这湖蓝色的，以及
它怀抱着的其他的闪耀
美得很不真实

像一个人的梦境
……什么样的人
才能创造出如此梦境

采螺人牵着船
踩碎了湖蓝色的镜子
像一个悄悄进入天堂的小偷

放过那个小小的螺吧
放过那个稍大的螺吧
微笑着的神，疼痛着，忍耐着
这湖蓝色的慈悲啊

不确定的我

在渔村的餐桌上

我们品尝着采螺人的收获

鲜美，但有一点咸咸的

那个做梦的人

微笑着，又似乎滚动着眼泪

2019年1月17日

不确定的我

月亮背面

即使在西沙群岛

我们也只能看到月亮这一面

夜里，海龟慢慢爬上沙滩

这些勇敢的搬运工

为我们带来月亮背面的事物

有一缕光在随着它们移动

从永恒的寂静开始

穿过万顷波涛，最终来到这里

清晨，银毛树开花了

它们已经忘记了自己的旅行

我是否也是这样

不明白自己来自何方

也无法解释

为何身披如此多的银线

2019年1月19日

启　示

乘冲锋舟离开赵述岛

正是傍晚

有如骑一条龙路过夕阳

这是我第五次

在海上观看日落

每一次都截然不同

感谢大海，你的启示

如此瑰丽又令人绝望

何曾有过不变的事物

包括星球之间的距离

包括人类的爱情

2019年1月21日

不确定的我

那色峰海

走在栈道上，右边是邻省的雨雾

左边是铁线莲的云团

作为一道微弱的界线

我勉强隔开了它们：

一边是挣扎着的孤岛般的活着

一边是无际的蔚蓝色虚空

而传说中的群峰不可见

就像同一个时代的山峰

于我们不可见，多数时候

我们连微弱的界线都不是

忘记登高，忘记自身也是云雾

我们孤独的台灯，只够照亮三尺内的积雪

是我们自己，像微弱的界线那样活着

丧失了看见群峰的能力

2019年2月22日

不确定的我

菜花谣

成千上万的梯子，从我们渺小的自我中
抽了出来，在蓝天下越升越高

一年一度的攀登，每一步都是荆棘
每一步都危险，而且无法回头

陡峭的坡度，语言中的岐途
几乎无法驾驭的本能

而数以亿计的铜钟，摇摇晃晃
由我们背负，要挂到毕生所能企及的地方

一年一度的轮回，这永恒的潮汐
盛大而又茫然的金黄

一年一度的枯荣，生命金蝉脱壳，死而后生
我们的爱微不足道，恨也如此

像一个不断传递的谜
像一个不断翻滚的虚构之物

云贵高原上，数以亿计的铜钟如期轰鸣
万物依旧沉默如初

2019年2月23日，云南罗平

树之忆

电瓶车沿着阿依河缓缓而行
有两种漩涡摩擦着我们

一种是水里流动着的酒窝
一种盘旋在空中，像被什么突然定住

太美了，那是榕树的沧桑杰作
用它们的根回忆着流水

它毫无顾忌，用倾斜回忆狂风
用浑身的苔衣回忆雨季

还是树好啊，可以什么都不管
全身心沉浸在昔日的一个漩涡中

高高低低的经历，都是对的，都是美的
它怀抱所有挽留过的流水

不用叮嘱自己，够了，放下吧
也不用担心咫尺之外的漫漫长夜

2019年2月24日

不确定的我

独墅湖图书馆

用法语写下的爱，和英语写下的有什么不同？
它们之间是否还隔着一个英吉利海峡

不同时代的距离，老死不相往来的距离
关闭所有港口的距离，哪一个更远？我们这些孤
岛啊

如果有一个海底，连接不同时代
连接所有寞寞寡欢的人，这世界会是什么样子

从新加坡到苏州，从云中寺庙到前沿实验室
我走着，有时在峡谷，有时在山脊

我走在书架之间，走在一个个孤岛之间
清晨的图书馆是否连接着他们？

不确定的我

它醒了，抱着湖的手没有松开
抱着所有语言的手也没有松开

没有比一个图书馆更温柔的了，只有它回忆着
沼泽、沉没的村庄……所有时间里的废墟

没有比一个图书馆更辽阔的了，它拥有星空和海洋
以及可供眺望的山峰

没有比一本书更复杂的了
像一个人的微笑里，既有浅滩，也有深海

没有比一个书目更难选择的了
你是要走在他人的荆棘中，还是自己刀刃上？

坐在窗前捧读的人，全然不觉
自己身披各种语言的灰尘

不确定的我

合上书卷沉思的人，他的身体
仍在那幽暗的书页里苦苦挣扎

真的读到了别的时代？真的读到了他人？
或者，我们只是看到了不同角度举起的镜子

百年不过几页，但要读完自己这一段，却格外艰难
"你在哪里？""我在独墅湖边，在一本书里徘徊忘
归……"

2019年3月15日

不确定的我

圣莲岛之忆

一个诗人，一个住在语言的寺庙里的人
在湖边写诗
一支荷花箭刚好穿破水面

他和它有什么不同？
不过是各自提炼着毕生的淤泥

曾经的游历教会了他们提炼的技巧
忍耐的技巧
从破旧的身体进入晨光的技巧

荷花是否记得它的太空之旅
诗人必定不知当初曾如何上岸

清晨，两个茫然不知自己出处的物种

在湖边开花

满足于眼前的精彩时刻

上苍啊，在如此卑微的生命里

继续着千万年来的沙里淘金

2019年3月16日

石　漠

我放弃，后来你也放弃了
那些黄昏是裂缝，是时间的空白

就像这里，森林离开，人类最终也没能占领
这些山峦是虚无，是自然的遗骨

我们的生活正在流失，沿着莫名的漏斗
我们越来越坚硬，像堆积的石头

就像这里，灌木在后退，围拢过来的群山
守不住羊儿眼中的一滴眼泪

不确定的我

有一天，我在书里读到你的消息
读到我们身上的石灰岩，似乎为时已晚

就像这里，失落已久的翡翠之杯，消失的海子
我们错过的一切，已经恍若隔世

2019年5月8日

坡教村的甘蔗林

森林溃败的地方，仅仅几十年
人类就开始了溃败

坡上的地不断缩小，一场暴雨之后
缩小到……
一个颤抖的手掌就可以把它遮住

只有甘蔗，像最后的战士
站立在仅存的土地上

它的叶子可以作绕指柔
也可以锋利如刀刃

它深深扎进泥土里的手指
像不甘心的坡教村人，不屈服于被放逐的命运

你是否读到过它们的回忆

漫长的日晒，突然涨上来的洪水

它在回忆中，它所有的经历

一半变成了骨头，一半变成了糖

遥远的城市，我品尝着咖啡上面的薄薄砂糖

猝不及防地，舌头上展开它们苦涩的一生

2019年5月9日

不确定的我

暮归图

天暗下来，一切仍然是残缺的
时间的黑色部分，再也无法让这里充盈

伤痕累累的道路和群山，互相松开
两败俱伤的对手，退回原处，默默等待

你能想象没有银河的夜空吗？
你能想象没有星星的坡教村吗？

一辆摩托车，在暮色中滑行着
后座上，放学的小女孩，把脸深深埋在父亲后背

每天，隔着几座山的村小
都有星星们被认领回家

这是距离城市最远的灯，也是距离银河最远的星星

像是怀着巨大的不安，整个天空缓缓地俯下身来

2019年5月12日

给

花朵落下，春天的头颅满地都是
是时候写一首关于我们的诗了

爱过我的人，嫌弃过我的人
是时候落在同一张纸上了

我们走过的浅滩，回避过的深海
假装不存在的沟壑，终于共用同一种语法

它取走我们被照亮的部分
也取走我们之间的荆棘

它写着，用波涛，用我们的肉体
用黑暗，也用埋在我们心里的黄金

它甚至在渺小的种子里工作，身后拖着长长的银河
我看见它的脚步，也看见它的笔

每个物种，都是闪耀千年的星星
也是悬浮万代的监狱

我们为谁贮藏毕生的苦涩
又为谁长出决不妥协的刺

是时候了，金针闪烁，背负古老的使命
只需留下一枚，给怀抱乱石疾走的我

2019年5月11日

不确定的我

给

是什么时候，火车放下了铁轨

我们放下了彼此

火车还在奔跑

在风中，在丝带凤蝶的翅膀上

像我们当初的那样，奔跑

在冬天的隧道里，在春天的叶脉里

曾经繁花，再转身已是百年人

我们之间，有一个消失了的楼兰

2019年5月31日

汨罗江边的屈原

乌云密布，一个读懂了万千雷霆的人
还能有什么别的命运

楚国已到尽头，雷鸣声中
十万伏电流正经过他

也许不止从天而降的不测
还有十万山鬼，十万少司命

借过，借过，十万横世之水
曾经的日月星辰，也要经过他重回九天

汨罗江就是在那一刻变轻的
它跃起，扑向他，成为他的一条支流

2019年6月7日

不确定的我

屈子祠眺望湿地

看着白鹭发呆的人，一定看见了别的
透过他的年龄，透过大梦之间的缝隙

我们为何至此，为何来到这个年龄
白鹭一定觉得我们的一生漫长而无用

我把自己放在无边的草海
就像把一个鸟笼打开，再挂在树枝上

或许，什么也不会发生
或许，有什么飞出去，再不回头

2019年6月7日

不确定的我

洞庭湖之诗

雨后，有人按住洞庭湖抽它的丝线

那些沉没多年的，由此重回人间

我说的是写作，借一场电闪雷鸣

按住自己的肉身，但是我们还有值得抽取的吗

伟大的事物早已远行

像无形之龙，挣脱湖水的囚禁

汹涌着的我们，是它放弃的幽暗波涛

沉默着的我们，是它脱在岸边的一对靴子

2019年6月7日

杜　甫

一

笔架山前的杜甫
陇南草堂门外的杜甫
夔州江边背手而立的杜甫
就像三个月亮

我来到河南
一个人的身体
拖着三个影子

二

中原大地
以它满载的死亡
创造一个渺小的生

在同一个沙漏里

死亡如头上的悬湖

而他

最终成为一个诗人

昂首和虚无对峙

这一对峙

就是漫漫千年

三

从巩义出发

经长安、蓉城、夔州

在这阴郁的大地上辗转

每个旅次

他都认领了一条苦涩的河流

四

汉语

也在跟着一位诗人辗转

那些在旅途中

犹豫着

最终又落下的词

身后有千尺之潭

五

大地

在它自己的伤口中

裸露着

人类

在一个孩子哭泣的眼睛里

裸露着

我和你

在杜甫的诗篇里裸露着

六

一个人

心里没有荒凉之所

那才是真的荒凉

唯有荒凉

能让一个诗人的工作

不再徒有其名

七

沿着官道

成排的树都笔直地向着长安

还好有遗忘

能让人保留起码的矜持

一株野樱花

像一位被遗忘了的诗人

独自拥有这无边的旷野

八

暮归的人

其实他知道已不能归

万物在他的沉默中正在枯萎

他想起曾经少年

那时世界并无深意

它只是很美

九

民间的天空
如茅房之顶
总有茅房为秋风所破的时候

杜甫是贫穷的
又一次
他穷得只剩下了天上的月亮

照耀苍生的月亮
在这一刻也是贫困的
大地无边
它只照亮了杜甫

十

他的诗

像阅世太久的人
自带秋意

一个岳阳姑娘正朗声读着
春天怀抱着
无边落木萧萧下的秋意
不尽长江滚滚来的秋意

一只巨大的钟表里
古老的秋天和崭新的春天
时针和分针
交错而过

2019年6月10日改定

东　湖

更深处的黑暗蓬松着，像隐约的树枝
正是它们让湖水富有质感

仿佛划出了一条界限，我们只是水汽
只是反光，永远被排除在湖面之外

惊讶于它的沉默，它的无动于衷
我爱的人间如此复杂、甜美而又尘土飞扬

整个下午，我在湖边散步
整个下午，我卡在两个世界的缝隙里

会不会有别的人，看到我眼睛后面的树枝？

会不会有别的时代，被我永远排除在外？

有好几次，它们因我突然变得安静

像两部轰鸣的汽车，用上了同一个消音器

2019年6月20日

不确定的我

祝酒辞

可以到一粒杏仁里去修炼吗?

可以，练习其他物种的苦

可以到一场爱情里去修炼吗?

可以，衡量肉身重复的甜

可以到一个字里去修炼吗?

可以，还可能偶遇李白的骨头

可以到一个瓷器里去修炼吗?

可以，继续推敲燃烧与冷却的意义

没有什么地方不能去的

只要以修炼之名

除了自己，除了

把自己作为修炼所在

这里是尘土飞扬的世间

无人的春天，倾倒的炼钢炉

花鸟鱼虫，盲目沉醉

神已放弃，在这里建设庙宇的打算

2019年9月11日改定

小心眼

无花果很可爱，也很小心眼呃
它费了很多心思
把花园藏在球形的围墙里面

都以为它从不开花
其实呢，里面花团锦绣，宴席喧嚣
它秘密的园门
只有受邀的客人才知道

就像有些人，写着球形围墙的诗
过着球形围墙的一生
只有极少数访客
能幸运地进入他们的花园

2019年9月11日

不确定的我

毛边书，或缙云寺闻《九溪漫步》

午睡，在一本喜欢的书中
我拥有的空地边缘全是灌木
就像这本书，边缘全是毛边

九条溪水经过
就像九种命运，要在此刻经过我
只有一条突然欠起身来

它认出了我，缓缓地围着我旋转
以深山里的方式打量我
辨认着我身上的深潭和飞瀑

很久，它才离开
继续自己的旅行，惊讶于
我的木讷，我的无动于衷

不确定的我

我的木讷，是另外一种老泪滂沱

甚至更老，更滂沱

我已经有了

这么多的不敢相认

唉，每一次相认

都让我们各自的旅程中断

像这条溪水，退出这本书

退出空地，退出灌木

回到各自挣扎已久的宿命中

2019年10月4日

金钢碑

我是有时差的人
错过了你们，错过了绝大多数事物

就像把一块巨石掷进嘉陵江
让它弯曲，就像
你突然出现
光线经过你时发生弯曲

在同一条河，同一个时代
我们用不同的语法写着自己
获得了完全不同的
时间的弧度

百年前的煤，仍然由我转运着

通过你们看不见的船队

向着另一个世界

2019年10月4日

不确定的我

给

我记得，就在这棵树下
我们讨论过未来

那一句被打断的话
重新想起来时，已经满头白发

在我们之间，还有很多事物
来不及衡量，或者测量

你说，我在你脸上看到一座空山
但是无路可循

是的，无路可循，岂止一座山
这棵树下的所有已无路可循

不确定的我

它像一个抬腕看表的人

只不过，使用的是另一种时间

就像我路过它，你用日记写到它

而我们已经不在同一个钟表里

2020年1月13日

没人想在二月死去

没人想在二月死去
哪怕继续平庸活着，哪怕愿望
不能实现，哪怕有人说
人生不过如此，活着
不过就是一个移动着的空洞

没人想在一部灾难片里死去
哪怕是英雄，哪怕是主角
哪怕导演安排了一场凄美的爱情
哪怕生活的大戏，只在朋友圈
在别人的照片里
从来不在自己的身边

但是就在二月，一切发生了
比灾难片更惨烈

活得已经很平凡，没想到死得更卑微

活得已经很匆忙，没想到死得更仓促

还没实现的愿望，没走过的路

折叠进二月，像一封没写完的信

三月还会到来，但已是很多人缺席的三月

城市还将前行，带着很多不再完整的家庭

二月是一条分界线，把两个武汉

两种生活从中间隔开

二月是一道巨大的裂口

延伸到每一个省市，每一个人心里

要过多少年才能合拢？

2020年2月13日

2020年2月16日改定

不确定的我

不确定的我

每次醒来，都有着短暂的空白

身体在耐心等待着我回来

从世界上最遥远的地方

从虚空，从另一个身体里回来

有时神清气爽，从某座花园起身

有时疲惫，刚结束千里奔赴

这个我，这个不确定的我

在两个身体间辗转

像篱笆上的小鸟

从一个树桩，跃向另一个

2020年2月24日

给

一定有神秘的事物

构成了我，或者你和他

我们一起困在人类的身体里

一定有神秘的事物

构成了女性，或者男性

并和她（他）一起困在性别中

一定有神秘的事物

和你一起，困在宇宙的这个角落

困在此时此刻，不是上一秒

也不是下一秒

当你缓缓地转过脸来

惊讶地看着我，一定有神秘的事物

也在缓缓地转过脸来

啊，这原子、分子构成的建筑

无数细胞和链条构成的熔炉

一定有神秘的事物

困在如此美丽、复杂的牢笼中

而且在挣扎，在燃烧

当你眼睛突然发亮

看着我，并露出微笑

2020年2月24日

好吧，我们聊聊蝴蝶

蝴蝶是唯美的，比其他所有事物更唯美

还是抽象的，它拥有的肉身

似乎不属于这个世界

爱蝴蝶的人，其实只爱挂满露珠的蝴蝶

翩跹于花朵间的蝴蝶

由此确认，自己也是唯美的

这双重的误会是多么深啊

吸食甲虫尸体、肮脏泥土的蝴蝶

难道不是蝴蝶

在污浊里发现的真理

难道低于花蕊中披露的真理

在黑暗里坚持着的美

难道逊于光芒中闪耀着的美

难道真有毫无价值的生活

难道没有广袤星空

隐藏于我们不堪的日常

我爱蝴蝶，它们看不见

鲜花与污泥之间的鸿沟

而人们却被一分为二

终身不相往来

2020年5月28日

开满大百合的山谷

"看，大百合！"
顺着她手指的方向，空间发生了弯曲
无尽的旷野涌向那一团白光
仿佛两个世界在那里交汇

这是一颗球茎创造的奇迹
被我切开过的球茎，除了鳞片，还是鳞片
它们围绕着的中心，没有数学，没有哲学
只是有点潮湿的空白

这些低于灌木，甚至低于被践踏的杂草
挣扎在落叶堆里的心
围绕着的，是我们不知道的空洞
不理解的方程式，看不见的轻盈梯子

就像每个词都有一个后院

每个物种，或许都有一个这样的球茎

上苍给它们安排了各自的山谷

各自承受着践踏和挣扎

承受每一瓣鳞片的苦役

感谢上苍，它也安排了万物必须仰视的光

那来自另一个世界的焰火

2020年6月12日

不确定的我

箴　言

诗始于搬运

从李白到张若虚

人们凭一己之才

把月亮上的事物

搬运到人间

当然，月亮并没有因此变轻

诗止于搬运

当词的无数奔波有如苦役

却不能撼动

当代人颅骨下的

那团黑暗

我们的才能已经毫无意义

2020年6月14日

不确定的我

寻茶记

一棵茶树的落日

一辆路过它的公共汽车的落日，有什么不同？

这个熟睡的人，他的时间

和他手机显示的时间，有什么不同

是我们共同之处，还是互相警惕着的不同

雕刻出这一个具体的自我

相信有更多的未知

不能改变的是，我和所有事物保持着时差

在不断下沉的茶席

我回到了曾经的上升和停顿

一杯茶把我们暂时挽留，它是苦涩，也是甜美

是昔日的遗书，也是情书

2020年6月17日

写在星空栈道

这条栈道，看上去如此抽象
像一次意料之外的写作
悬空的寂静，从纸上突然拉起的陡峭

此时此刻，我脚下踩到的
是一个结实的词
还是一粒看不见的星星

是的，正午，我们仍在星空之中
我们嘲笑过的荒谬
其实比我们更接近真理

而它漫长，几乎不可能地
脱离了草丛和灌木
不是在落叶，而是在鸟群中延伸

它是路，但是不在所有轨迹里

似乎可以借助它

短暂地行走于所有事物的边缘

似乎一切尽收眼底

又似乎一切正在消融

我们的眼里，云雾从容升起

像我们年轻时嘲笑过的愁绪

如今，只有它们看上去绝美如初

2020年6月24日

双河客栈

又一次，我看见拖着行李的我
周围的一切都发着微光

不再复杂的世界，有点可爱
像一粒低头沉思的露珠

庞大的过去，被安上小小的轮子
顺从地跟在身后

此时此刻，我看到的薄雾、木桥
都带着一种告别的美

枝叶落尽，身体露出金属的颜色

时间把我删节恰到好处

前天放下的小路，昨天放下的溪流

一齐地回过头来——

我早已不是一个危险的人

包括写下的诗，已十分安全

2020年7月14日

题岳池农家

在纸上，寻一条好水
终生皆可溯溪而上
在纸上，得一座青山
生可砍柴，死可埋骨

人们敬畏的，我俯视已久
人们丢弃的，我奉若神明
大地上的苦役，何曾低于隐士的清修
我有荒芜三载的土地
也有稻香十里的丰年

我爱的人生，不过是进也耕田，退也耕田
我爱的时光，不过是借一盏好酒
恍惚间，与陆游共用一天岳池

2020年7月19日

不确定的我

双河客栈饮茶记

可以北坡种菊，也可以南坡放养顽石

可以西门下山，也可以东门直上青天

借两条山道，不看繁花，只看满头霜雪

借三天艳阳，不晒新谷，只晒一腹闲书

我有悬壶，只装白云不装酒

我有鱼竿，只钓自己不钓你

哪有茶，明明是十万沉舟重逢春水

哪有蝶，明明是一片枯叶迷失此生

2020年7月29日改定

不确定的我

题晶花洞

唉，这千杯难消的万古愁啊

美有何用
落日有何用
我们全身的火花有何用

把花放在没有春天的地底下
把鱼放在没有波涛的岩石里
把马放在没有草原的大地
把我放在没有你的世界

2020年7月29日

题地下裂缝

命运突然收窄

你必须侧身而过

前方日渐低矮

你必须假装低头

不可相信天空

可能只是万千利剑掷下

不可低估大地

可能脚下有银河的水声

人间不过是一条裂缝

天堂与地狱

两个世界在这里犬牙交错

而我们承担了这一切

是他们的短暂握手

也是他们的永恒对抗

2020年8月1日

黄葛古道遇雨

石板路径直向上，仿佛长颈鹿优美的脖子
它骄傲的头，向上，再向上，唯有孤峰相望

多数时候，深陷于日常悲喜的我们
是否还有值得举上云端之物？

和我无数次互相丈量，现在如此沉默
像一棵终于扔掉枝叶的黄葛树

像我们，路过青春，再路过盛年
直到握着的闪电，冷却成一枝金属

像我们，困于钢筋水泥，困于车水马龙
仍总不心甘地高举着什么

在二楼坐下来，煮水壶里

有一个遥远的宋朝人在低啸

此地茶盏很重，脚下有一座瓷山

此刻茶水略苦，手上有一个悬湖

唯有此地，唯有此刻

被我们举过眉间的群山现出真身

我们微笑，转而聊无关紧要的事情

似乎，没有茫茫烟雨，也没有一群白虎路过窗外

2020年9月20日

巴山秋日赋

非常突然的，在大巴山深处

短尾铁线莲开花了

从春天到秋天

沿着铁丝搭成的脚手架

有什么攀援而上

此刻，化身白色花朵倾泻而下

即使我怯懦的身体里

也有这样的铁丝、脚手架

昼夜不停地建设

和年龄一起逐年升高

是否，也有来自遥远月亮的银色

在某个篮子悄悄积累

不确定的我

走过漫长艰难的路

看过循环繁复的四季

我探索过的一切

其实也在探索着我

而秋天来得如此迅速

我们容身之处

转眼已是另一种悬崖

只是，只是每一个人

都还没有想好

我们毕生收藏的花朵

是否，在此刻

应该毫无保留地倾泻而下

2020年9月26日

在桃溪谷

沿着栈道，一个潮湿的我

来到另一个潮湿的世界

这是两种潮湿

互相无法理解，也无法交换

就像无形透明的物质

把近在咫尺的我们隔开

让活着的我

永远带着某种边界移动

沿着铁线蕨覆盖的石壁

我观察它们拥挤的叶子

不仅和我，它们每一株

都互相保持着某种边界

一只蜜蜂，鲁莽地刺向我的手指

唉，它赴死的攻击

仅仅源于误会

两个孤独生命之间的误会

剧痛中，我俩的边界栅栏大开

有什么夺门而出

像看不见的牛群

狂奔着，向着溪谷的尽头

2020年9月26日

我所有

我有一个看不见的后海

毕生伴随的孤独

供养了一条幽暗的鲨鱼

某个万马齐暗的时刻

它跃起，露出银质的鳞片

在它们微弱的光芒里

我和月亮

有着一模一样的缺口

我有一座看不见的后山

毕生收集的蝴蝶

刚好凑齐，一头云豹的浑身锦绣

某个星光满天的时刻

它跳上山巅，仰天长啸

沙哑的金属飞行着

让我和银河

掀起截然不同的波澜

2020年9月28日

黛　湖

只有怀抱湖水的人

才能看到真正的黛湖

他看到的湖更小

小得就像另一个湖的入口

小得像一个纽扣

把此刻景致、万古山河扣在一起

这一边是短暂的我们

另一边是永恒的宇宙

正是因为这种不对称的美

我们存续至今

不确定的我

渺小的我们，熟睡中
也不会放下紧紧抱着的湖

任凭桃花水母，代替我们
往返于两个世界

在合肥植物园

在不该出现的地方，一簇鸡矢藤

开出了繁花

这个错误美好，甚至略有香气

年轻园艺师有点不知所措

一、二、三⋯⋯

她像一个班主任

为混进教室的野孩子点名

但是荒野的数学

不在她掌握的数学中

写作多年的我

不过是一个牧羊人

在戈壁艰难穿越的羊群

在书房啃食各国青草的羊群

此刻，和我一起路过她

我们走在湖边

也走在两种数学共同形成的林荫道上

就像我率领的羊群

不在你们数过的羊里

我剪下的羊毛

既没有颜色，也没有重量

但是合肥的阳光照亮了一切

甚至照亮了我手里的

李白的剪刀，博尔赫斯的剪刀

2020年11月8日

狮子峰

登一座山，一定要上最高峰

我曾经这样固执多年

匆忙、迫切，有如星夜奔赴

山脚有蝴蝶，不停

山腰有寺院，还是不停

我对缙云山的印象

只是狮子峰的积雪

绝顶。雾的空无一物

如今，我逗留于一本书的开篇

逗留于迈进禅门前的时刻

我甚至想回到

自己人生的山脚

那时多美，一切皆在仰望中

满足于俯身往事

满足于荒草无边的溪谷

这座山，曾像我一样盘桓于此

它最终拾级而上时

放下了所有来路和归途

如今，我爱着此间的庸常

对非凡之物，止步于遥望

夕阳下的狮子峰

不再是我的必登之地

甚至，我警惕着

此山和彼山的高处

一如警惕心中的积雪

2020年11月12日

在向田村

他开口讲自己的事情

一个儿子辞世

一个女儿远嫁

还有一个儿子，他停顿了一下

感谢国家，他被安置在精神病医院……

这是一个阳光灿烂的下午

谈笑风生的会议室

像一艘船，突然搁浅

在这位白须老者的声音里

他平静地微笑着，像一个伤痕累累的哲人

像回到岸上的老船长

偶尔提起大海的惊涛骇浪

比起我见过的哭泣

他的平静和微笑

更让人战栗

我们离开会议室，走过稻鱼混养的水田

开满野菊花的山坡

像刚剖开的鱼腹——

不只是山坡，整个旷野

都沉浸在一个老人的悲伤里

多美的秋天呵，火棘通红

铁线莲满头银发

红花龙胆如同向阳小学的孩子们

一朵就足以照亮灌木丛

我们构成了同一个河流

在这个下午，向田村收容了各不相同的命运

也收容了我们共同的战栗和沉默

2020年11月13日

不确定的我

另一种恐惧

曾经如此害怕着死去

人们，在另一个真实的世界

迟疑地醒来

痛苦的爱，难忍的屈辱

终将失去的美丽事物

还在折磨着他们

深渊般的人间啊

深渊般的

混乱又漫长的梦

他们瑟瑟发抖

有了新的恐惧

如果一睡着，会不会再来一次？

2020年11月30日

西沙湾之晨

清晨，那只寄居蟹

正从大海深处匆匆回来

它经过鱼群、沉船

在西沙湾登陆

从身上撕下最后一缕海水

它爬上二楼的露台时

有点恍惚，就像我此刻醒来

望着天花板时的恍惚——

我经历了什么？

嘴里全是海的腥味

大海，你好啊

人间，你好啊

翻身起来，开始晨练

总有不舍……

我必须维护好

我们这最后的避难所

2020年12月5日

不确定的我

聚龙山下饮茶记

我们聊天的时候

窗外的树在移动

整个旷野在悄悄赶路

我们还在冬天

它们已走到了春天

我们还在山脚

它们已走到了山顶

这是一个无边剧场

所有沉默已久的事物

围坐在一起

中间是一朵提前开放的喇叭花

一只不肯放弃的蜜蜂

我们永不涉及的

被它们写成了秘密的剧本

"你为什么喜欢往里面钻？"

花朵问

"不知道啊，我想

是上帝喜欢这样的事情"

2020年12月6日

崇武看海

凌晨，我好像又一次

独自走在沙滩上

踩着微光，犹如走在月亮表面

这里的风，能让一棵树

缩进自己的一片叶子里

也能让十万匹狂马

踩过我的枕边

我醒来，推开门

来到阳台上眺望

大海在远处缓慢地弓起背来——

一条黑色的巨鱼

不确定的我

风，突然停了

就像对视中的我们

突然屏住了呼吸

那一刻，我们放下了

无休止的愤怒

身后的一切，空旷、寂静

而且闪闪发光

2020年12月7日

祝酒辞

多么艰难的一年
还是过了，我举杯
敬这世间的所有的不容易

一切折磨
像是为了成就活着的人
如果可以，下一年
请还给我们最平庸的岁月

这不容易的一杯呀
我还要敬名叫红樱子的高粱
又小又饱满，像西南山区
年轻母亲们的乳房

不确定的我

敬来自河南的小麦

六朝车轮还在轰隆隆轧过

在每一颗麦粒中间

留下深深的车辙

高粱的旅行，小麦的旅行

我要敬在座的诸位

以及你们怀揣的伟大事物

请喝下我们

共同旅行中的这一杯

最后，我要敬一下自己

这本时时不能打开的禁书

今天要借着微醺

彻夜畅读

2020年12月24日

行酒令

关于生死，我始终有一个恐惧

这是上天留给我的

最大的一个蒲团

眼前的这一杯

是最小的一个蒲团

我举杯的时候

云贵高原顺势倾斜过来

一条名叫赤水的河

被我提起

放进了自己的喉咙里

2020年12月24日

好吧，我们聊聊咖啡

咖啡

把自己折叠在杯子里

那些在烘焙箱里转动过的头颅

那些藏好了火苗的小小熔炉

将在你的舌头上展开

波澜壮阔的一生

根的苦，花的香

以一棵树的形态展开

是的，这是它们本来要经历的

你喝到的是

咖啡落日般的诀别

为这珍贵的一杯

它们放弃了所有的未来

我们所迷恋的

微不足道的日常

其实

是别的生命惊心动魄的献祭

唉，这无休止的尘世啊

2020年12月31日